文春文庫

陰　陽　師

鼻の上人

夢枕　獏
村上　豊・絵

文藝春秋

目次

陰陽師（おんみょうじ）　鼻（はな）の上人（しょうにん）

一

宇治の池尾に、妙法寺という寺があった。

そこに、善智という内供奉の僧が住んでいた。宮中の内道場に仕えて、御斎会の読師や夜居の僧の役をつとめている。

以前は神護寺の百仏堂にあって、百仏会などの法要をとり行なってきたのだが、七年ほど前、池尾に移ってきて、内供奉となったのである。

齢の頃なら五十ばかりで、真言をよく習い、様々な行法も熱心によく修めていた。

妙法寺は、寺としても栄えていた。

堂塔や僧坊なども、少しも荒れたところがなく、常夜灯の灯りも消えたことがない。また、季節ごとの僧への供物も絶えることがなかった。

境内には僧坊が隙なく立ち並び、多くの僧がそこに住んだ。

湯を沸かさぬ日はなく、僧たちは湯に入りながら、仏についてはもちろん、時に俗世のことについても盛んに話をした。

そういう寺であったから、人々が集まって、周囲に家、屋敷が立ち並び、郷もおおいに賑わっていたのである。

さて、この寺にやってきた善智内供、鼻が長かった。

鼻が、六寸以上も垂れ下がって、その先は顎の下まで届いていた。

寺にやってきた当初は、通常よりもやや長いかと見えるほどであったのが、一年、二年するうちに舌でその先を舐められるほどになり、三年目には顎に届いて、四年目にはもう顎の下まで垂れ下がっていた。

何かの病であるのか、もともとそういう性の鼻であったのかはわからないが、ついには今のような有様となってしまったのである。

その鼻、色は赤く、先の方は紫色に膨れあがって、大きな柑子の皮のように表面はつぶ立っていた。

そのような鼻ではあったものの、痛みがあるわけではなく、見た者から気味悪がられることを除けば、これといった実害はないのだが、ただ、食事の時には困った。

鼻が邪魔で、ものを食べるのにたいへんな不自由をした。

それで、朝晩の食事のおりには、弟子の法師を前に座らせ、善智が食事をしている間、鼻を持ちあげさせることにしたのであった。

長さ一尺、幅一寸ほどの板を鼻の下に差し込み、その板で食事の間中、鼻を持ちあげておくのである。面倒であるが、仕方がない。

この鼻、実害はないと言ったが、月に何度か痒(かゆ)くなる。

最初は、むずむずとして、これが二、三日すると、痒くてたまらなくなる。はじめは我慢しているのだが、我慢しきれなくなると、その鼻を搔(か)く。しかし、爪を立ててばりばりと血の滲(にじ)むほど搔いても、痒みは収まらない。

時には針で突いたりしてみるのだが、痛みは感じずに、さらに痒くなる。

そういう時には、鼻を煮る。

提(ひさげ)に湯を煮たたせて、その湯の中に上から鼻を入れて煮るのである。しかし、顔を提の上に持ってゆくとやけどをするので、盆(ぼん)を使う。折敷(おしき)の盆に、鼻が通るほどの穴をあけ、そこへ鼻を差し込んで、煮たった湯の中に上から鼻を漬けるのである。

不思議なことに、そうしても鼻は少しも熱さを感じない。

鼻が赤黒く茹(ゆ)であがった頃に、提から抜き出して、善智は横向きに寝る。

鼻の下に、厚い板をあてがって、その鼻を若い法師たちに踏ませるのである。

ずしずしとその鼻を踏んでいると、やがて、鼻のつぶつぶした毛穴から、細い煙のようなものが出て、その後、にゅるにゅると、白くて、薄く黄色がかったものがそこから出てくる。

臭い匂いのするあぶらのようなものだ。

それが出てくると、だんだんと鼻が短くなって、垂れた鼻先が上唇に触れるか触れぬかというほどの長さになる。

そうすると、いつの間にか痒みも収まっている。

しかし、ひと晩、ふた晩寝て、三日目くらいには、鼻はもとのように長くなって、やがて、また、痒みが始まる。

そんなこんなで、半月に一度くらいは、鼻を提で煮ることになるのである。

この何年かは、ずっとその繰り返しであった。

そんなものであろうと、鼻のことはもうあきらめかけていたある日——

ひとりの老人が、善智をその僧坊に訪ねてきたのである。

「お困りのようじゃな」

その老人は、善智の顔を見るなりそう言った。

善智の鼻を見やり、

「いや、その鼻、確かにお困りであろう」

にいっ、と黄色い歯を見せて笑った。

ぼろぼろの、水干のごときものを身に纏った老人であった。

ぼうぼうと伸びた白髪――

その一部を、頭の後ろで束ね、紐で結んでいるが、そうしてもしなくても見た目はあまりかわらない。

皺だらけの顔の中に、炯々と光る眸がふたつ。

赤い衣を着た、十二、三歳と見える女童を独り連れていた。

眼が見えぬのか、その女童は、瞼を閉じている。

肌の色の白い、整った貌立ちの女童であった。

「噂は耳にしておる。その鼻のことで難儀しているのであろう」

老人は言った。

確かに、難儀している。

しかし、この老人、突然やってきて、突然に何を言うのか。

む、

そもそも、この老人、何者か。

「どなたかな？」

善智が訊ねると、

「蘆屋道満——」

老人は言った。

「蘆屋……」

「道満じゃ」

老人が、また嗤った。

「はて？」

と、善智が首を傾げると、

「法師陰陽師さ」

老人——道満は言った。

「その法師陰陽師の蘆屋道満殿が、いったいどういう御用件ですかな」

「いや、そのお困りの長い鼻、治してやろうと思うてな」

「治す？　この鼻をか——」

「左様」
　老人がうなずく。
「この鼻、これまで様々な薬を試し、薬師(くすし)に来てもらったりもした。何人かの法師陰陽師にも相談したが、結果はほれ、今そなたがごらんの通りのこの鼻じゃ……」
　善智が言うと、
　く、
　く、
　く、
　と道満は含み笑いして、
「だからこのおれが来たのではないか」
　そう言った。
「そこらの法師陰陽師や、経を読むことしかできぬ坊主とこの道満を一緒にされても困る――」
「で、では、あなたさまであれば、これを治すことができると？」
「そう言うておる」

自信たっぷりに道満はうなずいた。

どうやら、この道満という老人、これまで、自分が頼んで来てもらった法師陰陽師のたれかから、この鼻のことを耳にしたのに違いないと、善智は考えた。

ではこの鼻が治るのかと喜びかけてから、

「し、しかし……」

と、善智が口ごもったのには理由がある。

この汚ないなりをした道満という老人は、この鼻を治すことができると嘘をついて、礼を要求し、そのまま何もせずにその礼だけを持って逃げてしまうのではないか——そう考えたからである。

「しかし、何なのじゃ——」

「い、いや……」

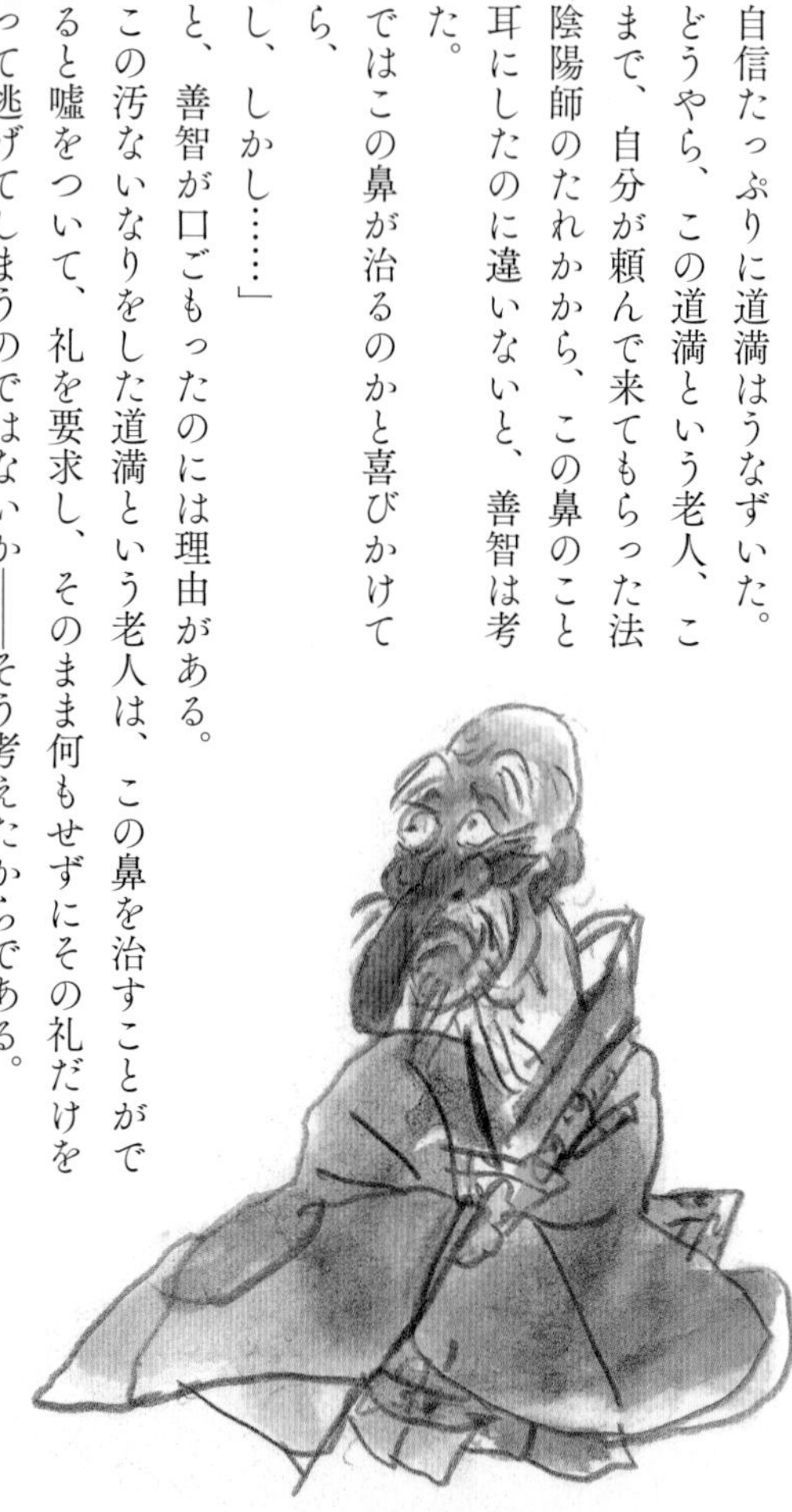

「報酬のことであれば、特別にはいらぬぞ」

「い、いらない？」

「報酬はいらぬが、ただし、その鼻を治した時、その鼻から出てきたものは、このおれがもらい受けるが、それでどうじゃ……」

「こ、この鼻から出てきたもの？」

「うむ」

この道満という老人、血迷うたか。

善智はそう思った。

鼻から出てくるものと言えば、鼻汁か、あのいやな臭いのするあぶらくらいのものではないか。あんなもの、いくらでもくれてやってかまわない。

「あ、それから、礼として酒を一升ほどもらおうか。もちろん、それは、事が全て終ってからでよい――」

「では、ぜひ――」

善智は道満に向かって頭を下げた。

この鼻、治せるものなら治したい。

もちろん善智はそう思っている。

この老人、見た眼は確かにあやしいが、もしもうまくゆかなくてももともとである。

善智はそのように考えて、頭を下げたのであった。

二

僧坊の床に、善智が半信半疑の面持ちで座している。

その前に膝を突いた道満が、右手に筆を持って、善智の顔に何やら文字を書いている。善智自身はもちろんそれを見ることはできないのだが、しかし、見えたところで読むことはできなかったであろう。

漢字でも、仮名でも、梵語でもない。

「これは、禁咒でな。この鼻に憑いたものが、他へ逃げ出さぬようにしているのさ――」

書きながら、道満が言う。

額、頬、唇、顎と書いてゆき、その咒言の文字に顔が埋め尽くされた時、それが書かれてないのは鼻だけとなった。

善智としては、もう、道満に身をまかせるしかない。

「とにかく、よろしゅうおたのもうします」

む

ただ、そう言うばかりである。

「右姫(みぎひめ)よ、これへ」

道満が言うと、さっきからふたりの横に無言で座していた女童が立ちあがり、善智のすぐ前に両膝をついて、善智と向きあった。といっても、まだ、女童の眼は閉じられたままである。

「では、始めようかの……」

道満がふたりの横に立って、善智の頭に左手を、女童の頭に右手を載せた。

「よろしいかな、何があっても動いてはなりませぬぞ……」

道満が言った。

いましがた、道満が右姫と呼んだ女童が、両手を伸ばしてきて、左右の指で、善智の両耳を摑(つか)んだ。右手で善智の左耳を、左手で善智の右耳を――

「始めよ――」

道満が言った。

と――

女童――右姫がそこで眼を閉じたまま、かっ、と赤い唇を開いた。

善智は、すぐ眼の前にその光景を見た時、

「あ」

と声をあげて、思わず身を引きそうになった。

しかし、それができなかったのは、右姫に両耳を摑まれていたからである。

右姫の口の中に、歯が見えた。

その歯の並びが奇妙であった。

上の歯茎から四本、下の歯茎の中央から一本——合わせて五本の歯しか右姫の口の中には生えていなかったのだ。

しかも、残りの歯が抜けてそうなったというのではなく、はじめからその五本の歯しか生えていないのだということが、きちんと口の構造として見てとれたのである。

右姫が、顔を寄せてきた。

「吸え」

と道満の言う声が聴こえたので、善智は、この女童に口を吸われるのかと思ったのだが、そうではなかった。

女童――右姫は、善智の、紫色に膨らんだ鼻の先を、その口に含んでいたのである。

喰われた。

善智は、そう思った。

生温かいものに、鼻の先端が含まれて、その温度に、鼻全体が包まれてゆく。

根元まで。

「さあ、吸え、吸え」

道満が言う。

「もっと、もっと強くじゃ」

強く吸われるのがわかった。

道満が、ふたりの頭に手を載せたまま、何やらの呪を、低く唱えはじめた。

鼻が、熱かった。

これまで、煮られてもほとんど温度など感じたことはなかったのだが、今は、その温度が感じられるのである。

気持ちもよかった。

はじめは、知らず強ばっていた身体から力が抜けて、ゆったりとした気分になった。

道満の、呪を唱える声が、低く響く。

何やらが、鼻からじゅるじゅると吸い出されてゆくようであった。

やがて、呪の声が止(や)んで、

「よかろう」

道満の声が響いた。

右姫の顔が離れ、善智の耳を摑んでいた指が離れた。

何やら鼻のあたりが涼しい気がして、鼻に手をやると、常の人の如くに鼻が短くなっていた。

「こ、これは……」

鼻を煮て、あぶらを抜いた後よりも、さらに短くなっている。

「桶(おけ)を――」

道満が言った。

空(から)の桶が運ばれてきた。

「吐きなさい」

道満が言うと、右姫がその桶の上へ顔をもってゆき、その中へ、口の中から何かを大量に吐き出した。

唾液と混ざった、大量の、やや黄色がかった、白いどろどろとしたものが、桶の中に吐き出された。

鼻の中に溜っていたあぶらのようであった。

「さあ、ようご覧じなされよ」

道満が言った。

善智が、桶の中を覗き込むと、その白いどろどろとしたものの中で、小さな、細い芋虫の如きものが、無数に蠢いていた。

黒っぽい虫と白い虫、そして、赤い色、青い色をした虫——中には金色をした虫もいる。

善智が、はじめて見るものであった。

——これが、自分の鼻の中に入っていたのか。

「さて、桶をもうひとつと、箸を用意してもらおうかの」

道満が言う。

すぐに、道満が口にしたものが運ばれてきた。

道満は箸を手に取り、それで、桶の中に蠢く虫たちを一匹ずつ摘んでは、新しい桶にそれを入れはじめた。

「ひとつ……」

「ふたつ……」

全てつまみ終えて、

「九十九匹か……」

道満はつぶやいて、首を傾げた。

「何か?」

善智が問うた。

「いや、この九十九匹という数がどうも気になってな……」

「どういうことでござりましょう」

「いやいや、十四、十六匹、四十七匹——たとえば、九十四匹でもよいのだが、それならば、問題はない。九十九匹というのが、妙に心に引っかかるということさ……」

道満が、何か考える風で、言った。

「百に、あと一匹足りぬ。これに何か意味があるとしたら……」

「あるとしたら？」

「これでは、収まらぬやもしれぬ」

「収まらぬとは、どういう意味なのでござります？」

「その鼻のこと、まだ続くやもしれぬということじゃな……」

「まだ……」

なんとも情ない顔をした善智に、ふいに、何か思い出したような顔つきになって、

「善智殿、こちらに来られる前は、確か、神護寺におられたということでありましたな……」

道満はそう言った。

三

満開の桜であった。

どの枝にも、みっしりと余すところなく桜の花びらが開いて、春の陽差しの中で、静かに光っているのである。

まるで、果実の如くに、枝に花がたわわに重くみのっている。

安倍晴明（あべのせいめい）の屋敷の庭であった。

晴明と源博雅（みなもとのひろまさ）は、簀子（すのこ）の上に座して、その桜を眺めながら、ほろほろと酒を飲んでいるのである。

晴明は、白い狩衣（かりぎぬ）を着て、柱の一本に背をあずけ、酒の入った杯を右手に持って、笑みを含んだ紅い唇に、時おりその酒を運んでいる。

博雅は、杯を床に置いたまま、うっとりと桜を見つめている。

ふたりの横に、酒の入った瓶子（へいし）を手にした蜜虫（みつむし）が座して、杯が空になると、それへ酒を注（そそ）ぐ。

ほどよく酒が入っているのか、博雅の頰はほんのりと赤く染まっている。

「なあ、晴明よ——」

庭へ眼をやったまま、博雅がつぶやく。

「なんだ、博雅」

晴明が、博雅を見やる。

「あの桜をこうして眺めているとだな、あの花のひとつずつ全てが、おれには皆、仏のように見えてきてしまうのだよ。それが、なんだか不思議なようでもあり、あたりまえのようでもあり、おれにもよくわからないのだが、それがしかし、妙になんとも心地よい感じがするのだ。酒に酔うてそういう心持ちになっているのか、ほんとうにあれが仏であるからなのか、それがおれにもよくわからないのだが……」

「ほう……」

「ともかく気分がよいということさ、なあ……」

博雅は、そう言って、杯を持ちあげ、酒をその口に含んだ。

「よい酒だ……」

博雅は、空になった杯をまた床に置く。

その杯に、蜜虫が酒を注ぐ。

「見ろよ、晴明。この光の中で、樹や花や草や虫たちまでもが宴をして、世を寿いでいるようではないか……」

博雅は、そんなことを独りごちて、眼を閉じた。

そこへ――

「ところで、博雅よ」

晴明が声をかける。

「おい、晴明、呪の話だったら、今はいらぬぞ――」

博雅が眼を開いて晴明を見る。

「おまえが、呪の話をすると、今、これほど明らかで心地よいものが、突然ややこしゅうなるからな」

「いや、呪の話ではない」

「そうか、ならばよい。何だ、晴明」

「明日、牧馬のことで、宮中へ呼ばれているそうだな」

「うむ。おまえの耳にも届いていたか、晴明よ。確かに明日、紫宸殿にうかがうことになっている」

「あの男と会うのだな」

「おい、晴明、あの男はやめよ。そのような呼び方をすると、口にしたおまえよりも、聴いたおれの方がどきどきしてくるではないか——」

晴明が口にしたあの男というのは、主上（おかみ）——すなわち時の帝（みかど）のことである。

晴明は、時おり、帝のことをそう呼ぶのである。

「まあ、よいではないか。おれたちだけの時のことじゃ」

「いやいや、そういうものではない。どこでたれが聴いていないとも限らぬし、ここならよいと口にしていると、ついうっかり他の者がいるところでも、それを口にしてしまうものじゃ」

「心得ているさ——」

「いや、まったく、おまえたちときたら、平気でそういうことを口にするからな——」

ここで博雅がおまえたちと言った人物は三人いる。

安倍晴明と、晴明の師である賀茂忠行（かものただゆき）の子、賀茂保憲（やすのり）——そして、蘆屋道満の三人である。

この三人、この日本国の中心に座すやんごとなき玉体の主を、〝あの男〟と呼んだこと、一度や二度ではない。

博雅が言ったことなど、少しも気にならぬ様子で、

「牧馬、鳴らぬそうではないか」

晴明が言った。

「うむ」

博雅は、うなずいた。

四

牧馬というのは、玄象と並ぶ琵琶の名器である。

玄象と共に、唐から伝えられた琵琶と言われ、いずれもこの世のものならぬ音を出し、時に鬼神すらも、その音に心を動かさずにはいられない。

玄象については、以前、天竺の鬼によって盗まれ、夜な夜なその鬼が羅城門で弾

いているのを、晴明と博雅が出かけていってそれを取りもどしたこともある。

この牧馬、撥面(ばちめん)の絃(いと)をはさんだ左右のところに一頭ずつ、螺鈿(らでん)で牧馬が描かれている。

このことからこの琵琶に牧馬の名が付けられたのである。

帝が、久しぶりにこの牧馬の音を聴きたいと言って、雅楽寮の藤原妙瑞(ふじわらのみょうずい)に持ってこさせたのが、十日前のことであった。

しかし——

自らも琵琶を弾く帝が、牧馬を抱え、撥を当ててみたのだが、音が鳴らなかった。

力の入れ方がまずかったかと、再度撥を当ててみたのだが、やはり絃(いと)が鳴らない。

絃の張り方に問題があったかと、色々に絃の強さを調整して撥を当てたのだが、やはり琵琶は鳴らなかった。

そこで妙瑞自身が、試みたのだが、やはり琵琶は鳴らなかった。

琵琶に限らず、特に名器と呼ばれる楽器は、時に人を選ぶ。下手なものが、何をしようが音を出さぬことがある。

しかし、帝も妙瑞も、琵琶については名手と呼ばれる弾き手である。

それが、鳴らない。

他に、人が呼ばれ、様々のことが試されたのだが、どうしても琵琶が鳴らないのである。

いったい、何が起こったのか。

五

「それで、おれに声がかかったのだよ、晴明よ――」

博雅は言った。

源博雅であれば――

帝がそう言って、博雅の名を挙げたのだという。

「そこで明日、紫宸殿に行って、帝の前で牧馬を弾くことになっているのだ」

「なるほど――」

晴明がうなずく。

「しかし、帝も雅楽頭(うたのかみ)の妙瑞殿も、琵琶については手練(てだ)れじゃ。唐楽の琵琶師より

も腕は上であろう。それが鳴らなかったというのに、このおれが試みたからといって、簡単に鳴るものかどうか――」

博雅は、困ったように青い天を見あげた。

そしてひとつ溜息をつき、顔をもどした。

「しかし、晴明、どうしておまえがそれを知っているのだ。牧馬が鳴らぬということは耳には届いていても、明日、おれがゆくということまでは知らぬと思うていたのだが――」

「実は、博雅よ、明日の紫宸殿のことだがな、おれも呼ばれているのだ」

「おまえもか、晴明――」

言ってから、

「なるほど。琵琶が鳴らぬのは、弾き手が上手(じょうず)であるかどうかとは、また別の原因があるやもしれぬということだな、それは――」

博雅は言った。

「まあ、そういうことだ」

「何か、思うところはあるのか」

「あると言えばある、ないと言えば、ない――」

「どっちなのだ」

「幾つか、明日までに知っておきたいことがあるということさ。まあ、明日、その時になって訊ねればよいことではあるがな」

「たとえば、どういうことだ」

「そうだな。たとえば、牧馬だが、鳴らぬことに気がついたのは十日前として、鳴らなくなったのは、いつからかというようなことだな――」

「ほう?」

「まあ、最後に牧馬を弾いて、音が出ていたのはいつで、その時たれが弾いたのか、それがどういうところであったかというようなことかな」

「それならば、わかっている」

「いつなのだ」

「ちょうど七年前の正月じゃ。弾いたのは、妙瑞殿御自身で、処は宮中の真言院じゃ……」

「ということは、それは、後七日御修法の時ということだな」

「うむ。その御修法のおり、帝が紫宸殿からおでましになられる時と、退出される時、雅楽のことがあってな、真言院の外で、唐楽を奏したのだが、この時に牧馬が奏された。弾いたのが妙瑞殿……」

「その後の年は?」

「使われなかったということであろう。その翌年から、今年の正月までは、たしか玄象が使われたはずじゃ――」

「ほほう……」

「まさか、使われなかった牧馬が玄象のことで拗ねて、鳴らなくなったということでもあるまい?」

「さて、そこまではなあ……」

晴明は、小さく微笑した。

「しかし、いずれにしろゆくのであれば、博雅よ、今夜はおれのところに泊まって、明日、共にどうじゃ――」

「共に?」

「おう、一緒に内裏までゆこうか――」

「うむ」

「ゆこう」

「ゆこう」

そういうことになったのであった。

六

紫宸殿——

御簾(みす)の向こうに敷かれた繧繝縁(うんげんべり)の上に、帝が座している。

こちら側に座しているのが、摂政(せっしょう)藤原兼家(かねいえ)と宮中の主立(おもだ)った者数名——そして、晴明と博雅である。

雅楽寮の妙瑞は、博雅の横に座して、琵琶の牧馬を抱えている。

ひと呼吸、ふた呼吸、気持ちを整えてから、神妙な面(おも)もちで妙瑞は撥を取りだし、

「では、つかまつりまする……」

低い声で言って、撥を絃に当てた。

弾いた。
絃は、鳴らなかった。
ぼそり、
ぼそり、
という、布と布を擦り合わせるような音しか聴こえてこない。
数度弾いてそれをやめ、
「この通りにござります」
御簾に向かって妙瑞は頭を下げた。
帝が、御簾の向こうで小さく顎を引いてうなずく気配があった。
そこにいる面々も、同様にうなずいた。
今、ここにいる人間が皆承知していることを、一同があらためて確認したことになる。
「では、これから、牧馬を博雅殿に弾いてもらうわけだが――」
兼家は、そう言って博雅を見、次に晴明に視線を移して、
「その前に、晴明が、ひとつふたつ、妙瑞に訊ねたきことがあるということでな

「――」

　このように言った。

「はい」

　晴明がうなずいて視線をむけると、

「なんなりと――」

　妙瑞は、牧馬を膝の上に置いて言った。

「つかぬことをうかがいますが、妙瑞さまには、この何年か、お身体の具合がよろしからぬと耳にしておりまするが――」

「はい。確かにこの数年、月に二度、三度、腹を下すようになっております――」

「夜に起き出して、大炊殿の米櫃を開け、生の米を齧るようになってからとうかがっておりますが――」

「はい。その通りにございます」

　この問答、実は晴明も妙瑞もここで初めてしているのではない。晴明と博雅は、早めに到着して、大内裏へ入り、雅楽寮で妙瑞と、話をしている。そのおりのことを、今、皆の前であらためて語っているのである。

「それは、具体的にはいつ頃からでござりましょうか――」

「五年前、六年前からかとも思いましたが、よくよく思うてみるに、七年前からということになるかと――」

「なるほど……」

晴明はうなずき、

「では、その牧馬、一度手に取って見せていただきたいのですが――」

そう言って、ちらりと御簾の向こうをうかがった。

この牧馬、玄象と並んで帝の重宝（ちょうほう）であり、見ることはともかく、触れるとなると、帝の意向をうかがわねばならない。

晴明は、妙瑞に問うかたちをとりながら、帝に問うたことになる。

御簾の向こうで、また、うなずく気配があった。

「では――」

と、晴明、腰をあげ、膝でにじり寄って、妙瑞の膝から牧馬を手に取って、それをしげしげと見つめた。

もちろん、晴明が牧馬に触れるのはさすがにこの時が初めてである。

しばらく眺めてから、

「では、博雅さま――」

晴明は、博雅に向きなおり、手にしていた牧馬を差し出した。

「う、うむ……」

博雅は、緊張した顔で牧馬を受け取った。

その眼が、すがるように晴明を見ている。

もしも、弾いて、鳴らなかったら――

眼に不安の色がある。

「常の通りにお弾きになればよろしゅうござります。他のことは、何も考えずに
……」

晴明はそう言った。

「そうだったな……」

晴明の言葉に、博雅の眼に、常の色の光が点った。

鳴るか鳴らぬか、それは自分の心配することではない――

博雅の眼がそう言っている。

博雅の姿が、ゆるりとくつろいだようであった。

「何にいたしましょうかなあ……」

博雅は、そうつぶやいて顔をあげた。

「では、『楊真操(ようしんそう)』を……」

ややあって博雅が告げると、

「おう……」

という声が、そこにいた者たちからあがった。

琵琶の秘曲である。

仁明(にんみょう)天皇の頃、藤原貞敏(ふじわらのさだとし)が遣唐使として唐へ渡り、琵琶の玄象、青山(せいざん)とともに幾つもの秘曲を日本国へ持ち帰ってきた。

その秘曲は、「流泉」、「啄木(たくぼく)」なども知られているが、博雅が口にした「楊真操」もそのうちのひとつである。

二百数十年前、唐の都長安で、楊貴妃(ようきひ)が作曲し、玄宗(げんそう)皇帝が羯鼓(かっこ)を打ち、楊貴妃が自ら琵琶でこの曲を弾いたと言われている秘曲中の秘曲である。

今、これを弾く者と言えば逢坂山(おうさかやま)の蟬丸法師(せみまるほうし)か、源博雅だけであろうか。

その秘曲を、博雅が弾くというので、皆が思わず声をあげたのである。
博雅は、撥を懐から取り出して、それを握り、
「では……」
静かに、絃に撥を当てて弾いた。
鳴った。
びょおむ……
と、絃が震えた。
おお……
という、無言の声が、そこにあがった。
なんという音か。
まるで、その場に、ふわりと満開の桜が出現したようであった。
おむ……
と、絃の余音が広がってゆく。
博雅が、さらに撥を当てると、

びょお……

びょお……

絃が、次々に震えて、その桜の梢を揺らしてゆく。

「なんと……」

感に堪えぬといった声をあげたのは、兼家である。

しかし――

もう、博雅は何も考えてはいない。

ただ、恍惚となって、琵琶を弾き、自ら奏でる曲の音に、うっとりと眼を閉じている。

風に、桜の枝が揺れ、そこから、ひとひらふたひらと、花びらがこぼれてゆく様が眼に見えるようであった。

しずしずと、花びらが散る。

琵琶が鳴る。

やがて――

まるで、わずかに花びらを散らしていた風が、いつの間にか吹き止むが如くに、

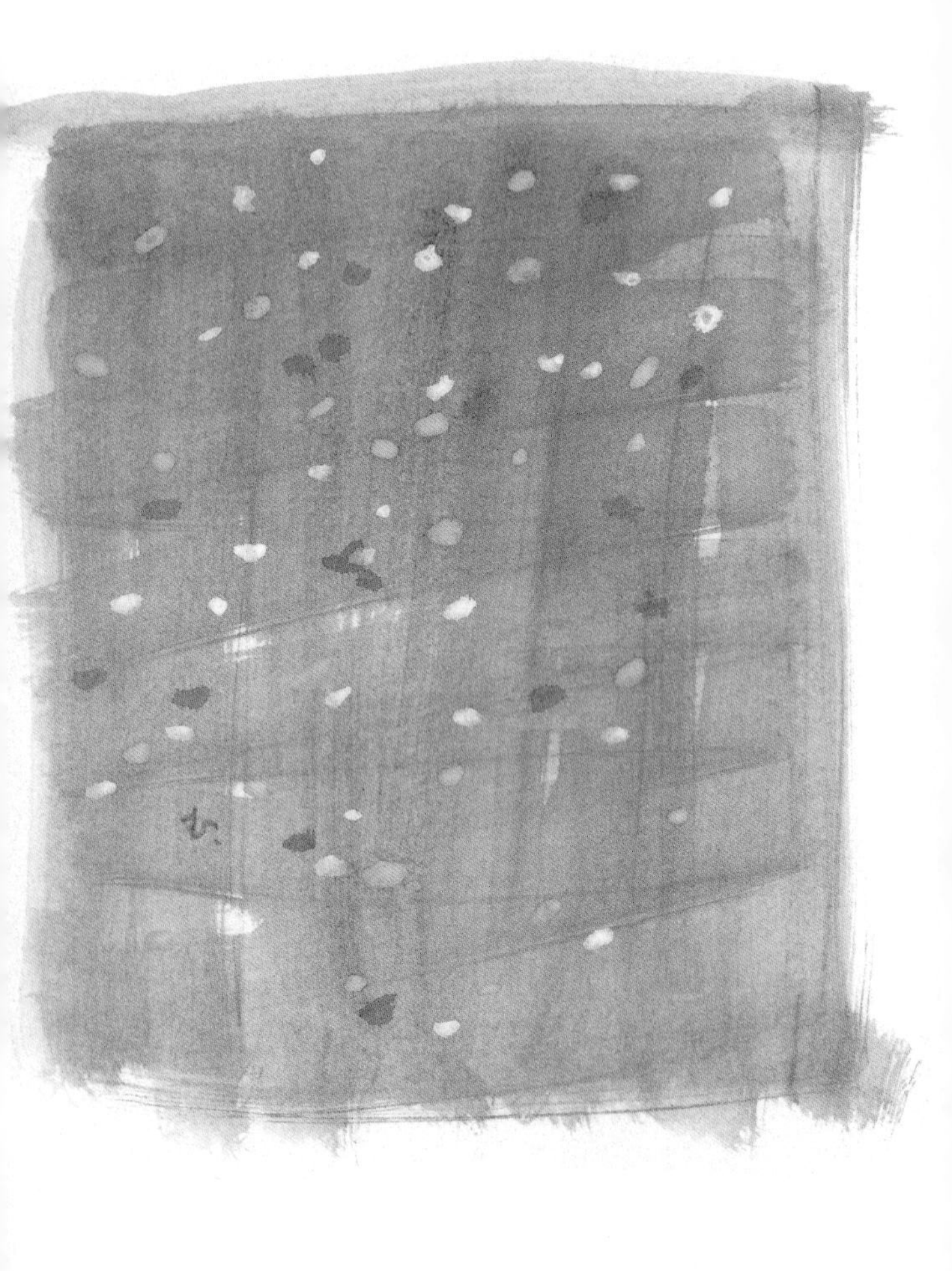

琵琶の音が止んでいた。

一同、言葉もない。

と――

動いたのは、晴明であった。

「あれを――」

そう言いながら、左手で、博雅の抱えた琵琶の撥面を指差し、右手を懐へ入れて、そこに片膝立ちになった。

晴明が指差したところを見て、

「おう……」

「あれは……」

皆が声をあげた。

撥面に描かれた、牧馬のうちの一頭が動いたのである。

動いたそれを見れば、それは、馬ではなかった。

黒い、小さな動物。

それは、

ちいっ、

と、ひと声鋭く鳴きあげて、撥面から飛び出してきた。

それは、一匹の鼠であった。

床を駆けて、走って逃げようとしたその鼠に向かって、晴明の右手が動いた。

白い、小さな札が、晴明の指先から離れて、その鼠の背に張りついた。

鼠の動きが、そこで止まっていた。

「この鼠が、撥面の牧馬に化けて、これに憑いていたのです。それで、牧馬が鳴らなかったのです――」

晴明は言った。

「しかし、さすが博雅さま。天下の牧馬、この名器がその手によって鳴り出したとあっては、妖魔の鼠も隠れてはおられず、こうして姿を現わしてしまったのでしょう」

晴明がそう言っても、博雅にはまだ、事がよく呑み込めていない様子であった。

「お、おい、晴明。これはどういうことなのだ。いったい何があったのだ――」

「博雅さまのお力で、いかに妖魔の無子訶殿といえど、身現わしせずにはおられなかったということでしょう」

晴明は、すました顔で、皆によく通る声でそう言ったのであった。

七

桜が、はらはらと散りはじめている。

柔らかな風が吹くたびに、花びらが枝から離れてゆく。

そのまま地に落ちる花びらもあれば、風に乗って、ひとひら、ふたひら、きらきらと光りながら、青い天に運ばれて見えなくなってしまう花びらもある。

博雅の言葉で言えば、無数の仏が、地と天に帰ってゆく。

晴明と博雅は、簀子の上に座して、それを眺めながら酒を飲んでいる。

ふたりの傍に、蜜虫が座して、杯に酒がなくなると、そこへ酒を注ぎ足しているのである。

博雅が、紫宸殿で牧馬を弾いたのは、昨日のことだ。

「しかしなあ、晴明よ。実のところ、あれはいったいどういうことなのか、今もっておれにはさっぱりわからぬのだよ……」

酒を口に含みながら、博雅は言った。

「そこにいる無子訶殿についても、何が何やら――」

博雅が見やったのは、すぐ横に置かれている竹で編まれた籠であった。

その中に、小さな鼠が一匹入っていて、籠の上には、昨日、晴明がその鼠の背に乗せた紙の札が置かれている。

そこに、

〝オン　キリク　ギャク　ウン　ソワカ〟

と書かれている。

「それは、いったい何なのだ?」

「大聖天(だいしょうでん)の真言さ」

博雅が問う。

「大聖天?」

「歓喜天(かんぎてん)――象鼻天(ぞうびてん)と言えばわかるか――」

「聖天(しょうでん)ということであろう?」

「うむ」

晴明がうなずく。

「もとは象の貌(かお)を持った、天竺の神でな、大黒天(だいこくてん)と烏摩妃(うまひ)、二神の間にお生まれになった方だ」

晴明が言った大黒天、梵語で言えばシヴァ神であり、烏摩妃はパールヴァティーという梵名を持つ女神(にょしん)である。

ちなみに、聖天の梵名は、ガネーシャである。

「その鼠の無子訶殿、もともとは天竺では邪神の眷族(けんぞく)でな。しかし、聖天に調伏(ちょうぶく)され、鼠の姿に変えられて、今は聖天の乗りものとなっている」

「な、な……」

声をあげてから、うむとうなずこうとはしたものの、博雅は半分も理解していない様子であった。

昨日、鼠の無子訶を捕えた後――

「ほんとうにようございました。これにて、全て収まりました」

晴明はそう言って、短い挨拶の後に、紫宸殿を後にしていたのである。

帰る時――

「この無子訶殿は、晴明がもらい受けてよろしゅうございましょうか――」

晴明は、兼家にそう訊いた。

「む、むろんかまわぬ」

兼家が、帝の様子をうかがってからそう口にしたのを確認して、晴明は、動かぬ無子訶を懐へ入れて持ち帰ったのである。

晴明が、先に帰った。

博雅は、その場に残り、乞われるまま、「流泉」「啄木」の秘曲を牧馬で弾いて、そうして帰ってきたのである。

そして、今日の昼、晴明を訪ねて、博雅がやってきたのであった。

何が起こったのか、昨日のことを、詳しく知りたかったからである。

その鼠が無子訶というもと邪神で、今は聖天の乗りもの——そこまではよいのだが、まだ、博雅には、

だからどうなのだ——

という気持ちがある。

「実はな、博雅よ、昨日ぬしがやってくる前にな、おれのところへ訪ねてきたお方がいたのさ——」

「訪ねてきたお方?」

「うむ」

ガネーシャ

「たれじゃ」

「蘆屋道満殿さ――」

「あの道満殿が、今度の一件に関わっておられるというのか――」

「まあ、そういうことだ」

「それは、いったい、どういうことなのじゃ、晴明よ――」

「おれが説明してもよいのだが、御本人からうかがうのが、一番ではないかな、博雅よ」

「本人⁉」

「そうさ。さっきから、蜜魚を門のところに立たせていたのだが、どうやら道満さま、見えたようじゃ」

「なに⁉」

と、博雅が言ったところへ、

「いや、さてさて、美しい桜じゃ――」

そういう声が、門の方から響いてきて、建物の角を回り込んで、蜜魚に案内された道満が桜の下へ姿を現わしたのであった。

道満は、ひとりではなかった。

ひとりの眼を閉じた女童が一緒であった。

そして、もうひとりと言うか、もう一頭と言うか、もうひと柱というか、奇妙な方をともなって姿を現わしたのである。

見た眼の大きさは、その丈、およそ一尺半——

丸く腹の出た金色の象頭の神——聖天であった。

長い象の鼻——

腕が四本あって、左右の牙のうち、右の牙が折れている。

道満は、その右手に、どうやら酒が入っていると思われる瓶子を一本、縄をその瓶子の首のところにかけてぶら下げていた。

「おう、晴明、うまくやったようじゃな」

道満は、にやりと笑いながら言った。

「おれの方も、首尾は上々じゃ。ほれ、この通り、妙法寺の善智から、酒をせしめてきたところじゃ——」

道満は、右手に持った酒の入った瓶子を持ちあげてみせた。

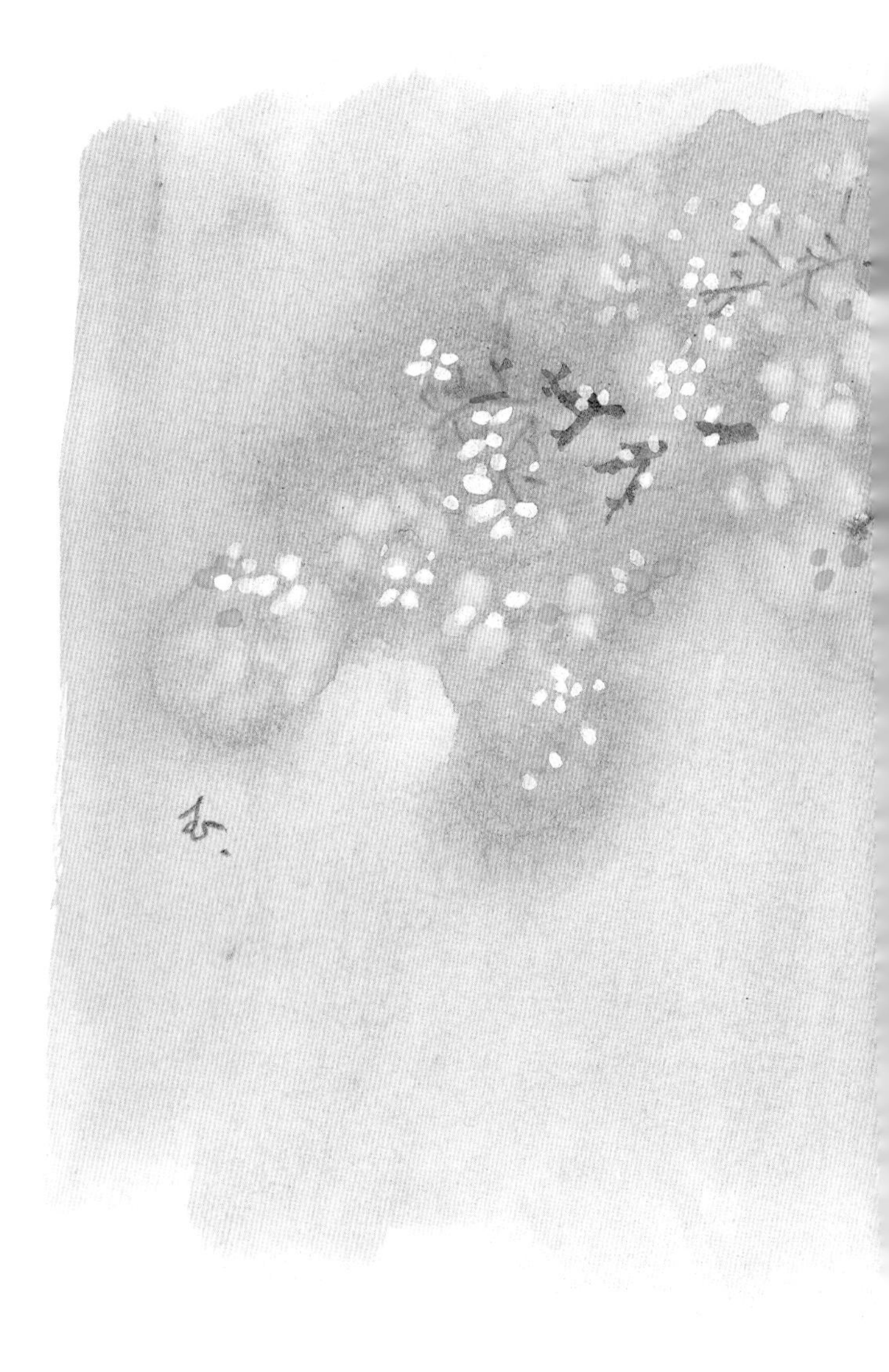

「そちらは?」

晴明が、赤い衣(きぬ)を着た、女童のことを、道満に問うた。

「右姫じゃ」

道満は言った。

「右姫?」

「女童のように見えるが、実はこれは女ではなく、男でもない――」

「ほう」

「いつぞやの将門(まさかど)殿の一件で手に入れた、将門の右手じゃ。式(しき)として育て、この頃ようやく使えるようになってな。こうして連れ歩いておる――」

「あの時の……」

声をあげたのは博雅であった。

そこへ――

「晴明さまにござりまするか――」

道満の横に立っている、童(わらべ)よりも小さい聖天が、声をかけてきた。

「はい」

晴明がうなずく。

「今度(こたび)のこと、まことにお世話になりました。もとはと言えば、私の不始末、晴明さま、道満さま、おふたりのおかげで、うまく収まりました……」

聖天が、鼻を揺らしながら言った。

「ともあれ、皆様、こちらへお上りを——」

晴明が言うと、

「どれ」

嬉しそうにうなずき、まず道満が簀子の上にあがってきた。

続いて聖天、そして右姫があがってくる。

そして、賑やかな宴が始まったのである。

「道満さま」

美味(うま)そうに、酒を一杯乾した道満に、晴明が声をかけた。

「なんじゃ、晴明——」

「こちらの博雅が、まだ何が何やらわからぬ顔をしておりますので、どうか、道満さまの口からいきさつを説明していただけませぬか——」

「おう……」

と、道満がうなずいたところへ、空になった道満の杯へ、聖天が酒を注ぎ入れる。

「そもそものことで言えば、桜がみごとであったからなあ……」

道満が言った。

「桜が?」

博雅が訊く。

「うむ。ここへ訪ねて、一杯やろうかと思うたのだが、自分の酒くらいは、自分で用意して、みやげにしようと思うてな。そこで、思い出したのが、妙法寺の善智内供の鼻のことさ——」

「おう、あの鼻の上人の——」

と博雅が言った。

さすがに、善智の鼻のことは、世間に知られているらしい。

「知りあいの陰陽法師から、鼻を治しに行ったのだが、すぐにもとにもどってしまったという話を耳にしてな。それなら、このおれが治して、それで酒を得ようと考えて、右姫を連れて出かけていったのさ——」

そのいきさつを、道満は語った。

「ところが、その鼻から出てきたのが、九十九匹の虫さ。百に、一匹足らぬ。それに、色が、赤、青、黒、白、金の虫でな。それぞれ、赤が十四匹、青が十六匹、黒が二十四匹、白が十二匹、金が三十三匹、合わせて九十九匹。これが気に入らなんだのさ――」

「ははあ」

「百に、ひとつ足らぬ。これは、もしや、もう一匹が、どこぞにあるのではないかと気になってなあ。それで、善智に訊ねたのよ――」

〝善智殿、こちらに来られる前は、確か、神護寺におられたということでありましたな……〟

道満は、その時の自分の口調を真似るように言った。

「神護寺で、百といえば百仏堂じゃ。で、おれの思うたことを確かめるため、神護寺の百仏堂へ出かけたのだよ……」

新しく酒の注がれた杯を持ちあげ、

「ま、そこで、その聖天殿に会うたのだが、まあ、その続きは、聖天殿が自ら話すのがよかろうよ――」
そう言って、道満は、杯の酒を乾したのであった。

八

はい。

私は、その昔、空海和尚(くうかいおしょう)によって、唐の国は長安よりこの日本国に持ち込まれた、木彫りの像に、金箔(きんぱく)の張られた歓喜天にござります。

この牙が折れておりますのは、天竺にある時、酔うてそぞろ歩きしております時に、急に蛇が出てきて、それに、私の乗った鼠の無子訶が驚いたため、転んでしまったためでござります。

これによって、いずれで彫られたり、いずれで作られたりしても、私の像は、その多くが牙を欠いているのでござります。

顔が、象でありますのは、これは、我が父大黒天に首を斬られたためでございます。

我が父が外出しております折、母烏摩妃が、入浴する際の見張りのため自らの垢からこの私を作り、たれも覗いたりせぬよう、番をさせたのでござります。やがて、父大黒天がもどってまいりまして、母のもとへゆこうといたしましたものですから、私は父とも知らず、これを止めたのです。

「ここは我が家である。どうしてこの家の主が、我が家で思う通りにふるまえぬのじゃ」

父大黒天も、私が烏摩妃の子と知らず、怒って私と争いになりました。その時、私は父に首を斬られてしまったのです。

気がついた母烏摩妃は、怒り狂いました。

「この子はわたくしの子、となればあなたさまにとっても息子ではありませぬか。いったいどうしてくれるのです」

「いや、それはすまぬ。それでは、次にこの家の前を通りかかった者から首をいただき、その首を、この子につけてやろう」

それで、その時通りかかったのが、たまたま一頭の象であったものですから、父がその首を斬って、私の胴へつないだのでござります。それ故、私は、かような象の顔をしているのです。

ああ、いやいや、昔の話はこれくらいにして、私自身のことでござります。

私、しばらくは、空海和尚と共に高野山にあったのでござりますが、空海和尚が入定されたおり、神護寺へと移ることになりました。

神護寺は、空海和尚が唐から都にもどられたおり、しばらく滞在した御縁の深き寺にござります。そこに、百仏堂が造られることになり、諸国より、諸仏、諸天、諸尊、諸明王が百体集められることとなって、私も、その一体として百仏堂へ安置されることとなったのでござります。

で、私が高野山を出て、その途中、ほんのしばらく置かれたのが、教王護国寺の講堂にござりました。

知っての通り、あそこには、大日如来をはじめとして、不動明王などや天部の神が置かれており、その中に、あの、降三世明王の像がござります。

そのおり、たまたま講堂で眼にしたものに、私は驚きました。見れば、なんと、降三世明王の足下に、我が父大黒天と、我が母烏摩妃が踏みつけられているではござりませぬか。

その後、私は、神護寺の百仏堂に安置されたのでござりますが、思い出すのはあの足下に踏まれた、父、母の姿でござりました。

むろん、それは像であり、その父母も、この私も、所詮はその本然たる神の一部としての存在ではござりますが、しかし、いくら異国の寺にあるその一部であれ、知った以上は、父母が不憫で、どうか、一年に一日なりとも、あの足の下から出してやりたく、百仏堂に安置された諸仏、諸天、諸尊、諸明王に相談いたしました次第にござります。すると、九十九の神々や仏はこのように申されました。

「そなたが年に一度後七日御修法のことで外へ出たるおり、一度ずつ人の願いを叶えてやり、それを九十九仏に奉じたてまつった後、たれかの願いを叶え、それを自分自身に奉ずれば、その願い、叶うよう、教王護国寺講堂の大日如来に、我らからもお頼みしてやろう」

とのことでござりました。

成就させたる九十九の願いを、九十九の仏に奉納して、その後、自らの分として、たれかの願いを叶えれば、まさにここに百願が実を結ぶこととなり、わが父、母も自由の身となり、たれにとりましても、よき供養となるであろうということで、このことが始まったわけでございます。

　そもそもは、仁明天皇の頃、空海和尚が主上に申し上げて、宮中は真言院にて、正月に後七日御修法を行なったのが始まりで、それより毎年一度、これがとり行なわれることとなったのは、皆さま御存じの通りでございます。

　この後七日御修法のおりに、聖天法もとり行なわれることは、このことが決まった時からのことでございました。それは、まさに、この私を尊神として祭り、行なわれる御修法でございまして、歓喜団など、様々の食べ物がこの私に供えられ、なんとこの私の身体にあぶらまでがかけられて、この儀式がとり行なわれるのでございます。

　この聖天法、毎回、神護寺の百仏堂にいる僧が宮中にてこれを行なうことになっているのですが、そのおりに、百仏堂から歓喜天の像——つまりこの私が宮中の真言院まで持ち出されて使われることになっているのでございます。

　幸いにも、この私、毎年一度、百仏堂より外へ出されて、宮中の真言院にゆくこと、とどこおることなく続きました。

　年に一度というのは、つまりそういうことだったのでございました。

それで、九十九年をかけて、九十九の願いをようやく諸仏に奉じたてまつることができたのが、七年前のことでござりました。

しかし、その七年前、なんともとんでもない事件が起こったのでござります。

その時、聖天法を取り行なっていたのが、今は妙法寺にある善智上人でござりました。

七年前のその時、御修法が終って、この私をかたづけようと、善智上人が壇の上に乗せられていた私の身体に手をかけたのです。

しかし、私の身体は、聖天法によってあぶらまみれになっていて、そのおり、うっかり善智上人は手を滑らせて、この私を取り落としてしまったのでした。

その時に、ちょうど私の足がずれて、足下に踏んでいた鼠の無子訶が逃げ出してしまったのでござります。

私、九十九の諸仏に奉じたてまつりし願いごとを、その後それぞれの仏の色に変えて、この鼻の中に集めておいたのでござりまするが、それがこの時外に抜け出てしまい、たまたま一番近くにいた善智殿の鼻中(びちゅう)に入り込んでしまったのでござります。私の鼻より出(い)でたる虫故(むしゆえ)、善智上人の鼻も、あのように長くなってしまったと

いうことでございます。さらに申しあげれば、善智殿の鼻より出でたる虫が、それぞれ合わせて九十九、赤、青、黒、白、金の色をしていたのは、その諸仏の数と色であったのでござります。

これを道満さまが不審に思い、善智殿にお訊ねになったところ、善智殿が、聖天法をとりおこなっていたことや、様々なことをお話しになったことから、その真相に気づかれた道満さまが神護寺まで足をお運びになられたというわけでござります。

が、私の方は、神護寺を出るに出られませぬ。

足下にしていた鼠の無子訶を欠いてしまっては、後七日御修法にも使うてもらえませぬ。なんとか、無子訶を見つけ出して、足下にもどさぬことには、最後のたれかの願いを叶えて、自身に奉ずることもできませぬ。

それができねば、我が父母を年に一度は自由にするという我が願いを大日如来にお聞きとどけいただくこともできませぬ。

法力をもって、無子訶を捜そうとしたのですが、七年前のあの日以来、どこへ姿を隠したのか、とんとその行方がわかりませんでした。

そんなわけで、この七年間、私は無為の時をすごしていたのでござります。

それが、なんと、わかってみれば、この無子訶、逃げてたまたまそこにいらっしゃった妙瑞さまが抱えておられた牧馬の中に身を隠したということだったのですね。

天下の名器、霊力ある牧馬の中に隠れたとあっては、これはなかなか我が法力をもってしても見つからなかったわけでござります。

妙瑞さまが、夜半に起き出して、米櫃の米を生で齧っておられたのも、それは実は無子訶がやらせていたことでござります。妙瑞さまに生の米を喰わせ、自分のところまで足を運ばせていたのです。妙瑞さまがお腹をこわされたのも、米を喰べたからでございましょう。それは、腹を空かせていた無子訶が、我らにわからぬよう自分の腹を満たそうとしてやっていたことでございます。

妙瑞さまの心を操り、年に一度の御修法の際、牧馬を使わせぬよう働きかけていたのも無子訶にございます。

九

「それもこれも、道満さま、晴明さま、そして博雅さまのおかげをもちまして、このように収めることができました」

聖天は、長い鼻をくるりと丸め、頭を下げた。

竹籠の前まで歩いてくると、その上に置いてあった札を取り去り、籠を開け、

「さあ、無子訶よ、おまえもしばらく自由に暮らしたのだ。今は覚悟をしてわが足下にもどりなさい。我が父母のこともあるので、これからは年に一度くらいは、おまえを自由にしてやろうから――」

聖天が言うと、あきらめたように無子訶がちょろりと前に出てきた。

ひょい、と動いて、聖天は左足の爪先で、無子訶の背に乗った。

「これで、めでたく、わが父母を自由にすることができましょう」

聖天は、嬉しそうに、高だかと鼻を持ちあげた。

「まあ、あとは晴明よ、ぬしのところへおれが足を運び、相談したところ、ちょうど牧馬の話を耳にして、ふたりで事の真相に思い至ったということじゃな。手に入れた五色の虫は、式にしようと思うていたのだが、みんな、こやつにくれてやったのさ——」

道満はそう言って、聖天を見やり、

「いかがかな……」

博雅にその視線を移した。

「歓喜天さまが叶えた、百番目の願いというのは、何だったのでござります?」

博雅は訊ねた。

「それは、あれよ——」

道満は、簀子(すのこ)の上に置かれた瓶子を眼で示した。

「あれ？」

「あの中の酒を、増やしてもろうたのさ」

道満が、にいっと笑った。

「いや、なるほど、そのようなことでござりましたか……」

博雅がうなずいた所へ、風に散った花びらを宙で踏みながら、しずしずと天から降りてきたのは、身の青き大黒天と、烏摩妃であった。

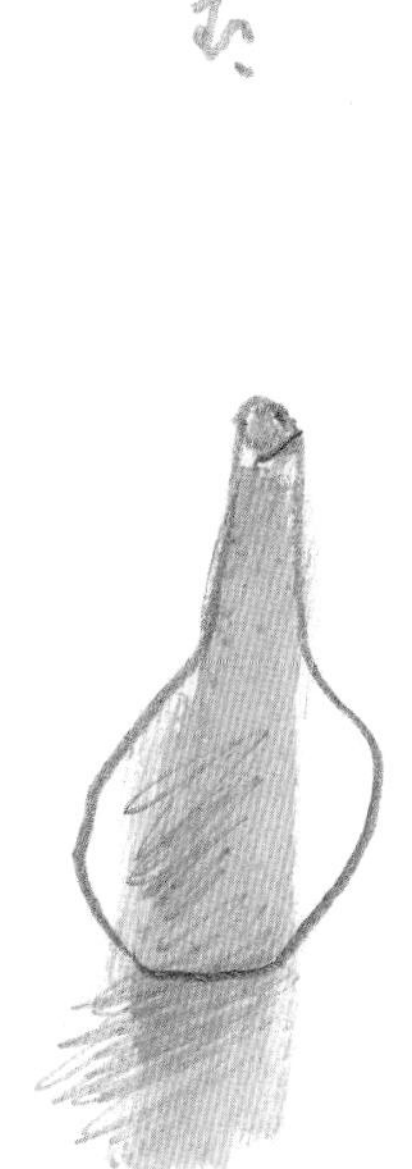

二柱の神は、桜の下に降り立った。

「おう、父上、母上――」

足下の無子訶に乗って、聖天が簀子の上から庭へ駆け下りた。

「博雅、笛を――」

晴明が言った。

「おう」

博雅が、懐から葉二を取り出し、それを吹き始めた。

無数の花びらである仏たちが、笛の音と共に、青い天に舞ってゆく。

その音に合わせ、大黒天、烏摩妃、そして聖天が花びらの中で踊りはじめた。

爪先立ち、足を踏み、手を翻し、腕を持ちあげて大黒天が舞う。

烏摩妃が踊り、聖天――歓喜天が鼻を回して踊る。

花びらがいよいよ繁く散りはじめた。

「よきかな、よきかな――」

道満が、嬉しそうにつぶやいた。

「まことによき宴じゃ」

その日の宴は、その夜、満月が中天に昇り、東の空が白みはじめるまで続いた。

二〇一五年四月十一日
ヒマラヤからもどりたる春に
小田原にて——

あとがき

『陰陽師』が、長編、短編、合わせて今年（二〇一五）の四月で百本を越えました。

昭和六十一年（一九八六）に、一本目『玄象といふ琵琶鬼のために盗らるること』を書いてから、今年で足かけ三十年目ということになります。

それからすでに、二本書いていますので、現在一〇二本の『陰陽師』がこの世にあることになります。

この『鼻の上人』が、ちょうど百本目。

百本記念で、百にちなんだ話を書いてみました。

それに村上豊さんが、絵を描いてくださって、『陰陽師』の四冊目の絵物語となりました。

今回の絵も、凄いです。

村上さんの筆は、自由自在。

その色づかいも、まさに匂いたつようです。

桜の花びらは、枝から離れ、こぼれて部屋の大気の中にまで舞ってくるようで、とても幸せな本となりました。

どうぞ、あなたの一番好きな部屋で、一番好きなお茶を入れて、あるいはお酒でも飲みながら、ほろほろゆったりとお読み下さい。

ひと雨ごとに、蟬の声が少なくなってくる頃、小田原にて――

夢枕獏

二〇一五年九月二日

夢枕獏公式ホームページ　「蓬萊宮」アドレス https://www.bakuyumemakura.jp

あとがき

「陰陽師」は、文章がさらさらと流れるようで美しい。だから、どこをとっても絵になる。

夢枕さんの作品は、たくさんありますが、シンプルな文章もあれば、密度が高い文章もあり、その差に驚かされてきました。才能があるからどんなふうにも書けるのでしょう。

そして、怖いものすら、ときに愛おしく書く。鬼を書いても、ただ怖いだけではない。

だから、なお楽しい。それが、長く続けてこられた理由かもしれない。

なにせ、私は楽しみながらでないと、仕事にならないですから。
百本でも、二百本でも、続けましょう。命の続く限り。

村上豊

文庫あとがき

花咲か爺さん村上豊

夢枕獏

村上豊さんの絵が好きだったのである。

三十五年かそれ以上前、『陰陽師』の絵をどなたに描いていただくかという話になった時、

「ぜひ村上さんに」

と、ぼくはお願いした。

村上さんの筆は変幻自在で、それが人であろうが妖怪であろうが、家であろうが草木であろうが、動物、花であろうが、森羅万象、描くすべてのものに精霊の如きものが宿っているのである。

これはまるで縄文世界そのもののようだ。

これほど自由に筆を運べる描き手は、そう何人もいないのは、皆さん御承知の通りである。

『陰陽師』という物語に出会えたことは、書き手としてのぼくにとって、なんとも幸せなことであった。そして、もうひとつの幸せは、村上豊さんという花咲か爺さんの如き、秀(すぐ)れた描き手に出会えたことであろう。

人のみならず、村上さんの描く妖怪は、いずれも可愛くて、チャーミングで、だれであれ何ものであれ、彼らがその生を心から楽しみ、愛しているのがわかるのである。

描き手の中に、そのような愛がなければ、それは絵として出てくるものではない。

どのような物語であれ、村上さんが筆を走らせると、そこに花が咲く。だから花咲か爺さん。

露子姫の可愛らしさを見よ。

本物語で言えば、顔に咒(しゅ)を書かれている善智の顔を見よ。

いいなあ。

まことによろしく、この顔だけで、善智のことがたまらなく愛しくなってきてしまうではありませんか。

二〇二二年七月二十二日、永眠。

画家としての人生をまっとうされました。

おみごと。

いい、ものを作る、あるいは描く、物を語る仲間として、かくありたし。

まことに、かくありたし。

小田原にて——

二〇二二年十一月吉日

〔初出〕
「オール讀物」二〇一五年四月号
〔単行本〕
二〇一五年九月　文藝春秋刊
DTPデザイン　加藤愛子（オフィスキントン）

文春文庫

陰陽師　鼻の上人

定価はカバーに表示してあります

2023年1月10日　第1刷

著　者　夢枕　獏　村上　豊・絵

発行者　大沼貴之

発行所　株式会社　文藝春秋

東京都千代田区紀尾井町 3-23　〒102-8008
TEL 03・3265・1211㈹
文藝春秋ホームページ　http://www.bunshun.co.jp

落丁、乱丁本は、お手数ですが小社製作部宛お送り下さい。送料小社負担でお取替致します。

印刷・図書印刷　製本・加藤製本

Printed in Japan
ISBN978-4-16-791983-2

（　）内は解説者。品切の節はご容赦下さい。

夢枕　獏
陰陽師（おんみょうじ）
死霊、生霊、鬼などが人々の身近で跋扈した平安時代。陰陽師安倍晴明は従四位下ながら天皇の信任は厚い。親友の源博雅と組み、幻術を駆使して挑むこの世ならぬ難事件の数々。
ゆ-2-1

夢枕　獏
陰陽師　飛天ノ巻（おんみょうじ　ひてんのまき）
都を魔物から守れ。百鬼夜行の平安時代、風水術、幻術、占星術を駆使し、難敵に立ち向う安倍晴明。中世の闇のなんとこっけいで、おおらかなこと！　前人未到の異色伝奇ロマン。
ゆ-2-4

夢枕　獏
陰陽師　付喪神ノ巻（おんみょうじ　つくもがみのまき）
妖物の棲み処と化した平安京。魑魅魍魎何するものぞ。若き陰陽師・安倍晴明と盟友・源博雅は立ち上がる。胸のすく二人の冒険譚。ますます快調の伝奇ロマンシリーズ第三弾。（中沢新一）
ゆ-2-5

夢枕　獏
陰陽師　鳳凰ノ巻（おんみょうじ　ほうおうのまき）
魔物は闇が造るのではない、人の心が産むものなのだ、博雅。さて、ゆくか――。平安の都人を脅かす魑魅魍魎と対峙する、ご存じ安倍晴明・源博雅二人の活躍を描くシリーズ第四弾!!
ゆ-2-7

夢枕　獏
陰陽師　生成り姫（おんみょうじ　なまなりひめ）
源博雅が一人の姫と恋におちた。恋に悩む友を静かに見守る安倍晴明。しかし、姫が心の奥に棲む鬼に蝕まれてしまった。果して姫を助けられるのか？　陰陽師シリーズ初の長篇遂に登場。
ゆ-2-9

夢枕　獏
陰陽師　龍笛ノ巻（おんみょうじ　りゅうてきのまき）
蝶の蛹や芋虫など、虫が大好きな露子姫の許に、あの蘆屋道満から禍々しい幻虫が送られてきた。何を企むのか道満!?　晴明と博雅は虫退治へと向うのだが……。「むしめづる姫」他全五篇。
ゆ-2-13

夢枕　獏
陰陽師　太極ノ巻（おんみょうじ　たいきょくのまき）
安倍晴明の屋敷で、いつものように源博雅が杯を傾けている所へ、虫が大好きな露子姫がやってきた。何でも晴明に相談があるというのだが……。「二百六十二匹の黄金虫」他、全六篇収録。
ゆ-2-15

（　）内は解説者。品切の節はご容赦下さい。

夢枕　獏
陰陽師（おんみょうじ）　瀧夜叉姫（たきやしゃひめ）（上下）
次々と平安の都で起きる怪事件。それらは、やがて都を滅ぼす恐ろしい陰謀へと繋がって行く……。事件の裏に見え隠れする将門との浅からぬ因縁。その背後に蠢く邪悪な男の正体とは？
ゆ-2-17

夢枕　獏
陰陽師（おんみょうじ）　夜光杯（やこうはい）ノ巻
博雅の名笛「葉二（はふたつ）」が消えた。かわりに落ちていたのは、黄金の粒。はたして「葉二」はどこへ？　晴明と博雅が平安の都の怪事件を解決する〝陰陽師〟。「月琴姫」ほか九篇を収録。
ゆ-2-20

夢枕　獏
陰陽師（おんみょうじ）　天鼓（てんこ）ノ巻
盲目の琵琶法師・蟬丸にとり憑いた美しくも怖ろしい女の正体とは？　女を哀れむ蟬丸が、晴明と博雅を前にその哀しい過去を語りだす――。「逆髪の女」他、全八篇を収録。
ゆ-2-24

夢枕　獏
陰陽師（おんみょうじ）　醍醐（だいご）ノ巻
都のあちらこちらに現れては伽羅の匂いを残して消える不思議の女がいた。果して女の正体は？　晴明と博雅が怪事件を解決する〝陰陽師〟。「はるかなるもろこしまでも」他、全九篇。
ゆ-2-25

夢枕　獏
陰陽師（おんみょうじ）　酔月（すいげつ）ノ巻
我が子を食べようとする母、己れの詩才を恃むあまり虎になった男。都の怪異を鎮めるべく今日も安倍晴明がゆく。四季の花鳥風月の描写が日本人の琴線に触れる大人気シリーズ。
ゆ-2-27

夢枕　獏
陰陽師（おんみょうじ）　蒼猴（そうこう）ノ巻
神々の逢瀬に歯嚙みする猿、秋に桜を咲かせる木、蝶に変わる財物――京の不思議がつぎつぎに晴明と博雅をおとなう大人気シリーズは、いよいよ冴え渡る美しさ、面白さ。
ゆ-2-30

夢枕　獏
陰陽師（おんみょうじ）　螢火（ほたるび）ノ巻
今回は、シリーズを通してサブキャラ人気ナンバーワンで、晴明の好敵手にして、いつも酒をこよなく愛する法師陰陽師・蘆屋道満の人間味溢れる意外な活躍が目立つ、第十四弾。
ゆ-2-33

（　）内は解説者。品切の節はご容赦下さい。

夢枕 獏
陰陽師　玉兎ノ巻

木犀の香が漂う夜、晴明と博雅、蟬丸が酒を飲んでいると天から斧が降ってきて——陰陽師安倍晴明と源博雅の活躍を描く人気シリーズ第十五弾。もちろんあの蘆屋道満も登場します。

ゆ-2-35

夢枕 獏
陰陽師　女蛇ノ巻

坂上彦麻呂は怖ろしげな美女から手に嚙みつかれる夢を見、目覚めると赤い傷が。蘆屋道満が活躍する「にぎにぎ少納言」、露子姫登場の「塔」、人気キャラ揃い踏みのシリーズ第十六巻。

ゆ-2-36

夢枕 獏
村上 豊 絵
陰陽師　瘤取り晴明

都で名を馳せる薬師、平大成・中成兄弟。その二人に鬼たちが取り憑いた。解決に乗り出した晴明と博雅。百鬼夜行の宴に臨む二人の運命は？　村上豊画伯と初めてのコラボレーション。

ゆ-2-16

夢枕 獏
村上 豊 絵
陰陽師　首

美しい姫・青音は、求婚した二人の貴族に、近くの首塚へ行き、石を持って帰ってきたものと寄り添うと言い渡すが……。村上豊の手で蘇る「陰陽師」シリーズ、好評の絵物語第二弾。

ゆ-2-19

夢枕 獏
陰陽師　平成講釈　安倍晴明伝

安倍仲麿の子孫、安倍晴明尾花丸。帝の御悩平癒を願い、陰陽頭・蘆屋道満と問答対決、妖狐も絡んでの呪法合戦を繰り広げる。平成の講釈師・夢枕獏秀斎の語りの技が炸裂。（山口琢也）

ゆ-2-28

夢枕 獏
おにのさうし

真済聖人、紀長谷雄、小野篁。高潔な人物たちの美しくも哀しい愛欲の地獄絵。魑魅魍魎が跋扈する平安の都を舞台に鬼と女人と恋する男を描く、「陰陽師」の姉妹篇ともいうべき奇譚集。

ゆ-2-26